Der Mensch ist das schlechtere Schwein

Erhalten im Januar 2015 aus dem Nachlass meines Freundes.

Einzelne kleinste Hinzufügungen, Ergänzungen oder Auslassungen, die entschieden mit höchster Zurückhaltung und nur dann vorgenommen wurden, wenn dies – im wesentlichen aufgrund von für mich vollständiger Unleserlichkeit der betreffenden Stelle im handschriftlichen Manuskript – ganz und gar unumgänglich war, finden sich im Anhang aufgelistet und ggf. kurz erläutert.

DER HERAUSGEBER

MARTIN GOTTHARDT

Der Mensch ist das schlechtere Schwein

ODER

Auch Du bist ein Schwein

Eine Erzählung
vom Leben unter Menschen

Herausgegeben von Stephan Pfingsten

Bibliografische Information der Deutschen Nationalbibliothek:
Die Deutsche Nationalbibliothek verzeichnet diese Publikation
in der Deutschen Nationalbibliografie;
detaillierte bibliografische Daten sind im Internet
über http://dnb.dnb.de abrufbar.

© 2018 Stephan Pfingsten
Satz, Herstellung und Verlag:
BoD – Books on Demand

ISBN: 978-3-7528-5803-7

„Hass war zu klein, zu persönlich.
Seine Haltung gegenüber etwas, das fast alle betraf,
war etwas anderes."

„Wer in der menschlichen Gesellschaft leben wollte,
mußte zumindest in irgendeiner Weise
Lügner, Vortäuscher oder Taktiker sein.
Dafür wollte er den Menschen bestrafen."

— Gedankenausflüge aus den „Adversarien" [1]

Prolog

„Habe die Schnauze voll. Und zwar endgültig. Ich hab's nicht nötig, mir in dieser Scheißwelt – geschaffen und bestehend aus armseligen, vollkommen verkackten Viechern, die scheißen und sich wie die Kotkröten gegenseitig begatten um zu leben – und das auch noch toll finden – diese arschhirnigen, ekligen Kackschwachsinnsviecher; ich hab's nicht nötig, auf irgendwelche Affen Rücksicht zu nehmen oder mir irgendeinen „Planet-Erde-Mist" in den Scheißweg stellen zu lassen. Schon tausendmilliardentrillionenmal zu viel bescheuerte Geduld bewiesen. Sollen alle mal herkommen; diese feigen Affen werden weggefegt. Hab schon tausendtrilliardenfantastilliardenmal länger gewartet als nötig. Das ist eine kackkötermäßige, verschissene Dreistigkeit, es auch nur im Traum zu wagen, mich mit diesem verkoteten Universum oder irgendwelchen bepissten Göttern und Urknallen und dieser hirnlosen Affenkacke zu belästigen. Denen werde ich allen kräftig ins Gedärm treten. Diese schwachsinnigen Fäkalviecher werden in ihrer eigenen Embryokotze ersaufen und dazu ihren eigenen Arsch zum Fressen ins Maul gestopft bekommen. Das erste, stinkende, in die Fresse gekackte, bepisste Schweineschiß-Müllhaufen-Exkrementalvieh, das seinen hirnlosen Schädel im Umkreis von 5 000 000 000 000 000 Quadrilliarden Lichtjahren samt seinem Arsch aufmacht, scheiß ich dermaßen katastrophenmäßigmegaapokalyptisch zu, daß sie dieses Kackuniversum dicht machen können!"

Peter war fast entschlossen, er wollte nicht länger wie ein Mensch unter Menschen leben. Die Menschen bewiesen in allem was sie wollten und taten, daß sie entweder blöd oder verlogen waren. In der Regel beides. Es fanden sich einfach zu wenig Gleichgesinnte, mit denen es möglich schien, den Versuch einer höheren Menschlichkeit, einer Sublimierung des Daseins, zu unternehmen. Er verlangte gar nicht viel. Aber schon etwas, etwas wirkliches, war zu viel.

Er kam aus diesem immer wiederkehrenden Kreislauf von ergebnislosen Gedankenverwicklungen nicht mehr heraus. Das ging nun schon seit Jahren so, seit er erwachsen und erfahren und selbstbewusst genug war, seinen eigenen Gedanken zu vertrauen.

Er hatte vieles versucht.

Er hat sich isoliert und nachgedacht, jahrelang. Er hat den Kontakt zu den verschiedenartigsten, normalen, geistesgestörten und extremistischsten Menschen gesucht, hergestellt und ausgelebt. Er hat sein Leben lang versucht, optimistisch zu sein, die Menschen lediglich als schwach und nicht als schlecht zu sehen. Er hat geführt, er ist gefolgt. Er hatte Freunde, er hatte Freundinnen. Er hat an Menschen geglaubt, Menschen haben an ihn geglaubt. Alles im Kleinen. Aber als Beispiel und Erfahrung hatte es gereicht. Er hat in jeder Hinsicht experimentiert, bis an die Grenzen des Erträglichen. Sogar massivste Intoxikation mittels Alkohol und Drogen, bis zu brutalsten Formen und Graden der Abhängigkeit, hatten ihn am Ende wieder als den gleichen Menschen ausgespuckt, der er vorher war. Schließlich, und das war intellektuell eine echte Leistung, erreichte er mittels halluzinativ-autosuggestiver Selbstverblödung phasenweise auch einen Zustand mäßig zufrieden/unzufriedenen kleingeistigen Mitläufertums. Aber auch das hatte seine Tücken. Entweder gerieten immer wieder materielle Befriedigungsgelüste in den Vordergrund oder die Gedanken enteilten in Momenten der Entspannung doch wieder in ungreifbare Weiten der Lüfte.

Man konnte seine Natur nicht ändern, also blieb nur übrig zu wachsen oder sich dem allmählichen kleiner werden zu ergeben. Wachstum war anstrengend aber potentiell lohnend. Peter hatte immer schon eine lebendige, forschende Denkweise leider ohne genügend Selbstverliebtheit, um den eigenen, geistig autonom gewonnenen Erkenntnissen immer den Vorrang einzuräumen.

Die überwältigende, etablierte und für das Auge des oberflächlichen und unselbständigen Menschen geradezu unerschütterlich stabil funktionierende von Menschen geschaffene Welt war auf keinen Fall anzuzweifeln. Wer das ernsthaft tat, war krank oder ein Verbrecher. Bis ein Gehirn reif war, die Welt selbständig zu interpretieren und mit etwas Ermutigung von außen als Pionier auf eigene Reisen zu gehen. In Peters Fall kam hinzu, daß die Suche nach Auswegen aus konventionellen Abläufen und Verhaltensweisen durch sein schnell gelangweiltes Naturell schon aus Gründen des Überlebenskampfes erforderlich war. Ein Mensch, und darin bestand ein erhabener Unterschied zum Tier, konnte aus Langeweile verzweifeln. Und Peter hatte schon als Kind das Gefühl, durch ein engmaschiges Netz von Erwartungen,

Regeln, Verbotenem und Unerreichbarem gefesselt zu sein und zu ersticken. Er wollte manchmal aus sich selbst ausbrechen, aus sich hinausfliegen, sich öffnen und zerreißen und als Orkan durch und über alles hinwegjagen und den innersten glühenden Kern von allem vereinnahmen. Man kennt keine Worte für diese, ständig um Expansion ringende, Qual. Was war möglich an Vereinigung und Verinnerlichung? Ficken, Fressen, Saufen? Jajaja und immer mehr davon bringt gar nichts außer einem sinnlosen Kreislauf des sich auffüllens und wieder ausleerens. Die realen und nicht substanzauflösenden Möglichkeiten waren schwach und klein, so unendlich schwach und klein.

Den Menschen war Peter oft etwas unheimlich, obwohl er oft zu hören bekam, daß er nicht normal sei, daß er etwas Besonderes aus seinem Leben machen solle. Oft schon hatten ihn die Menschen jeder Couleur, Männer und Frauen, gesagt, daß sie durch ihn erstmals etwas Großes erlebt oder verspürt hätten. Man konnte ihm tatsächlich ungewöhnliche und extrem diametrale Eigenschaften konstatieren: Gutmütigkeit, Aggressivität, Ehrlichkeit, Verschlagenheit, Einsamkeitssehnsucht und Liebhabereien. Was er wollte, wußte keiner, er mußte es ja selbst noch herausfinden. Aber er war nun soweit, zu erkennen, daß er nicht auf dem Weg in den Wahnsinn war, sondern die Möglichkeit zu etwas Höherem zu akzeptieren begann.

Daß er nicht wahnsinnig wurde, zeigte ihm seine strikte unüberwindbare Einhaltung des einen, für ihn primären Gesetzes: Was auch immer er tat und versuchte, Leid sollte nicht dadurch entstehen. Leid war der Parameter für alles wirklich Schlechte auf dieser Welt, wer Leid verursachte war ein primitives, in engen Grenzen und Limitationen lebendes, gefangenes und zu ewiger Unerlösbarkeit verurteiltes Wesen, da er die Wesensgleichheit und substanzvolle Verbundenheit aller mit allen nicht erkannte. Es war für ihn eine einfache Frage der Logik, daß zum eigenen Wohlbefinden kein Leid, keine Entbehrung oder Qual irgendeiner Art bei jemand anderem entstehen durfte. Ob man selbst das Leid empfand, oder ein andrer, war egal. Objektiv war das Leid ja vorhanden und damit also nichts gewonnen. Er schaffte es einfach nicht, die für alle andren Menschen mehr oder weniger geltende Demarkationslinie des eigenen Körpers als Empfänger und Detektor für Leid auf seine Person zu beschränken[2]. Diese ungewöhnliche, für ihn nicht kontrollierbare Mitempfindung des Leids andrer war nur durch Beschränktheit des eigenen Potentials, der Unfähigkeit zur dauerhaften Konzentration und energiezehrenden Aufnahme der Energien, die außer seiner eigenen Entität existierten, noch irgendwie lebbar und schließlich, ehrlicherweise zugestanden, nur noch durch, aus seiner grundsätzlichen immanenten Weltsicht, anmaßenden Einbildung, ja Illusion, man selbst sei das eigentliche Zentrum und der primäre, vor allen andren wichtige Ereignisraum dieser Welt. Diese konsequenterweise als schizophren zu diagnostizierende, unperfekte, unvollkommene Existenzform war sein Weltkrieg, bei dem es nur Sieg oder Niederlage gab[3], und zwar ultimativ mit allem was möglich war.

Die Zeit seines erklärten Endkampfs begann, als er die Schule nach 15 Jahren Martyrium, endlich mit dem Abitur in der Tasche und volljährig, verließ, und für ihn eine 20

Jahre währende Odyssee durch die Abenteuer, Selbst- und Fremderfahrungen, die das Leben zu bieten hatte. Er hatte keinerlei berufliche oder soziale Ambitionen*, er wußte er konnte diese eine ihm bekannte Chance zu leben, diese kurze irdische Existenz nicht damit verschwenden, sich kleinen konventionellen spießigen Zielen zu verpflichten, die soviel Zeit und Kraft in Anspruch nahmen, sowieso erst in Vollendung erreicht würden sein, wenn schon wieder der Zenit, der Kulminationspunkt des Lebens überschritten war und das Altern und damit die unvermeidbare Reduktion der ohnehin schon knapp bemessenen körperlichen und geistigen Fähigkeiten begann. Es war lächerlich, sich einer regulären Arbeit und Familienleben zu verpflichten, wo es doch feststand, daß er, einmal infiziert, Größeres, Besondreres und Entfernteres zu erfahren, nicht mehr loskam von der Vorstellung, sich zu betrügen und zu vergewaltigen, wenn er einen Lebensweg einschlug der doch niemals Zufriedenheit herstellen konnte, wohl aber mit Sicherheit seine künftige Frau und Kinder unglücklich machen würde, wenn er es versuchte und auf halbem Weg aus Verzweiflung abbrechen würde. Er hatte es oft genug erlebt, daß Menschen, die sich auf ihn einließen und seine ungewöhnlich verheißungsvolle Gedankenwelt und Persönlichkeit kennenlernten, entweder Rettung suchend, an einem bestimmten Punkt

---

* Dem Umstand des frühen Verscheidens seiner Eltern hatte er es zu verdanken mit, einem durch den Verkauf des Elternhauses erlösten Erbteil einer kleinen 6stelligen Summe, bei bescheidenen materiellen Ansprüchen, vom Zwang des Gelderwerbs zunächst für viele Jahre eximiert zu sein. Was dann geschah, wenn er dann noch lebte, mußte sowieso etwas Fabelhaftes sein, über das er sich keine Sorgen machte.

der gemeinsamen Lebensverflechtung sang und klanglos aus seinem Leben verschwanden und, unfähig irgendetwas zu erklären, ihn völlig ratlos zurückließen, ohne Hinweis, was er falsch gemacht haben könnte, oder daß sie sich auf ihn so einließen und sich von ihm unbeschreibliches Glück und Liebe versprachen, die er nicht realisieren konnte, und er seinerseits den Kontakt abbrach und andre, besonders Frauen, ratlos und verzweifelt zurückließ. Er war ein großer Empath und Phantast. Seine Einfühlsamkeit und die Fähigkeit hemmungslos und trotzdem noch würdig und stolz mit Frauen umzugehen, war schon einigen zum Verhängnis geworden. Es war auch sein persönlicher Ehrgeiz, sich und den Menschen, beiderlei Geschlechts, zu beweisen, daß es keinen besseren Freund und Liebhaber als ihn gab. Das alles ginge natürlich nur, wenn er etwas inszenierte, das den Menschen Hoffnung machte. Das Interessante und Verführerische einer weltlich entrückten, extravaganten zur Schau-Stellung höherer Ziele, als sie in Worten vermittelbar waren, reichte eine Zeit, um die Menschen zu faszinieren und bei Laune zu halten. Schließlich mußte immer etwas Konkretes, Greif- und Fassbares die Menschen an ihn binden. Und das war immer desillusionierend für ihn. Männer und Frauen wollten nicht immer nur philosophieren und ohne weltliches Fundament auf Freundschaft hoffen, die nichts zu bieten hatte außer Worte. Männer wollten einen Kameraden fürs praktische Leben, jemanden mit dem man lachen konnte und der einem nicht zu nah kam, und Frauen wollten gefickt werden. Ja natürlich, erstmal war es klasse, sich in einen Mann zu verlieben, der über Gefühle sprechen konnte, der alles nachvollziehen und sensibel sein konnte, der eine Frau wie etwas unglaublich Wertvolles,

Wundervolles, weit über die körperliche Form sexueller Befriedigung hinaus Großartiges, Märchenhaftes empfinden konnte. Freilich funktionierte das nur auf der sicheren Basis starker maskuliner Körperlichkeit und Härte, die es aus Sicht der Frau erst erlaubte, als vollwertiger Mann betrachtet zu werden. Wenn das auf irgendeine Weise bewiesen war, war das Tor zum Paradies weiblicher Offenbarung und Bewunderung offen. Der Zauberkraft der weiblichen Magie konnte er im Idealfall nichts entgegensetzen. Er betrachtete das Prinzip weiblicher Beschaffenheit[4] zwar nicht als unerklärliches göttliches, aber immerhin auf halbem Weg zur Apotheose befindliches. Seine erste wirkliche Freundin hatte er, als er Anfang zwanzig und sie Ende dreißig war. Frauen um die 40 befanden sich für ihn im optimalen Zustand, vereinigten Eigenschaften, die Attraktivität komponierten. Körperlich konnte noch alles in Form sein, gewisse Fältchen im Gesicht konnten sogar bei einer Frau noch das Niveau der Attraktivität erhöhen, indem sie einfach eine Form von feinerer gehaltvollerer mimischer Struktur erzeugten und eine erweiterte Form der grundsätzlich als weibliches Anziehungsmittel fungierenden Schwäche, Unterlegenheit und Hilfebedürftigkeit darstellten bzw. als solche betrachtet werden konnten. Darüber hinaus war eine gewisse Erfahrung und Kenntnis im Umgang mit dem männlichen Körper durchaus erleichternd beim ineinander hineinsteigern. Es hatte aber lange gebraucht, viel Phantasie gebraucht, die „Verseuchtheit" einer Frau, die keine Jungfrau, oder noch schlimmer, nicht nur keine Jungfrau, sondern schon Mutter war, aus seinen Ansprüchen auf Reinheit und Einmaligkeit zu eliminieren. Eine Frau war sowieso ein Wesen, bei dem im Grunde in vielerlei essentieller Hinsicht antagonistische

Regeln galten, die für einen Mann vorbehaltlos und zum Glück eigentlich unnachvollziehbar waren. Wie die widerwärtige, ja zutiefst erniedrigende und entwürdigende Vorstellung, jemanden mit einem zum Ausstoß einer ganz speziellen, individuellen, potenten und intimen Flüssigkeit ausgestatteten Körperteil in die Mitte der Tiefe des eigenen Körpers eindringen zu lassen und im Extremfall ein von ihm abstammendes menschliches Leben zu initiieren, das die Kopulierte und zu reinem Nährboden Degradierte in ihrem eigenen Körper nähren und aufwachsen lassen musste. Für einen normalen Mann unvorstellbar schrecklich, monströs und ein nach höllischster Vergeltung schreien lassender Vorgang. Allein das qualifizierte eine Frau schon zu etwas, das eigentlich nicht wirklich in der gleichen Welt lebte wie ein Mann. Verständigung unmöglich. Nur Kompromisse aus anerkannter, am besten aber unausgesprochen bleibender gegenseitiger Abhängigkeit. Es gab in manchen Fällen noch eine extra-Möglichkeit, auch ein nicht mehr jungfräuliches weibliches Wesen als rein und unbeschmutzt zu denken[5]: Falls sie seit etwa 10 Jahren nicht penetriert worden war, hatten sich sämtliche Körperzellen, sogar die Nachzügler (denn eigentlich sind es 7 Jahre), alle bereits mindestens einmal erneuert. Auch ein schöner Gedanke, wenn anwendbar.

Jetzt hatte sich ein neuer, endgültiger, gar nicht mehr steigerungsfähiger Status in Herz UND Hirn manifestiert. Das heißt, die Manifestation kündigte sich, sehnsuchtsvoll willkommen geheißen, in Kostproben und immer länger werdenden Momenten an. Peter hatte das Gefühl, die Weihe einer gewissen Würdigkeit, fern animalischer Triebe und menschlicher Stimmungsschwankungen, zu empfangen.

Jetzt spürte er, worauf er jahrelang, ja jahrzehntelang, im Grunde sein ganzes Leben lang in kontemplativer Selbstzerfleischung beziehungsweise Selbstentfleischung hingearbeitet hatte. Nun hatte er Zeit gewonnen, konnte durchatmen. Unter Aktivierung gar nicht mehr vorhanden geglaubter Geduldsreserven nahm er sich eine letzte Prüfung vor. Eine Prüfung allerdings, derem Resultat er keinerlei Modifikation gestattete. Das Ergebnis stand fest, alles andere wäre eine ganz perfide, erbärmliche, feige und würdelose Form des Selbstbetrugs. Nun wollte er in spielerischer Art und Weise eine letzte, ungehemmte, ungebremste, unverfälschte und in linearer Form abgerundete, grob chronologische, ultimative, transparente und endgültig vollkommen demaskierte, jede Hüllen fallen lassende und mit sich selbst, der Welt und allen Anderen aufs konsequenteste und ehrlichste abrechnende Lebensrevue vor seinem geistigen Auge passieren lassen. Eins war allerdings klar, was auch immer geschähe, sich selbst würde er auf jeden Fall erlösen, belohnen und befreien. Einen Schuldigen würde er mindestens zur Rechenschaft ziehen und Erlösung aufzwingen. Aber das war nur die Notlösung, das war zu vermeiden, glücklicherweise befand er sich in der erhabenen und luxuriös-majestätisch empfundenen Situation, nicht in besonderer Eile zu sein, wenn er nicht wollte.

Man sagte ihm, daß er sich seit seiner Geburt auf der Welt befinde in der er jetzt sei. Trotz aller Versuche gelang ihm lediglich der immanente Nachweis einer kurzen, prä-natalen Existenz, bewiesen durch derart puristische, eindimensionale, dunkle und Ur-Bewußtseinssprache sprechende Eindrücke, wie sie nur aus dem Mutterleib stammen können:

Weiche, dunkle, glitschige Wärme. Dumpfe, mehr gefühlte als durch Akustik intellektualisierte Geräusche und aufs erbärmlichste eingeschränkte Konversationsmöglichkeiten.

Als dann dieser eiskalte, grelle, grausame Schock der Geburt stattfand, war klar: Die Katastrophe ist tatsächlich geschehen. Eine derartige Brutalität, als zwanghafter Beginn, konnte nur Übles verheißen. Die ersten Wochen und Monate werden in nach wie vor kommunikationsarmer, dem Verdauen und dem Weltkrieg der beiden Kontrahenten, explosiver Fortentwicklung und Flucht in die Rückentwicklung bis zur Selbstauflösung*, gewidmeter Sprachlosigkeit und Fassungslosigkeit über das Geschehene verbracht. Das grausamste war die weitgehende Abhängigkeit von der Empathie Anderer, um die eigenen Bedürfnisse befriedigt zu bekommen. Waren denn alle so flüchtig und phantasielos, ihm nicht endlich Mal ins Gehirn zu springen oder etwas vergleichbar Intimes, um Verständigung herzustellen?**
Verwandte und Eltern erzählten ihm später gelegentlich, daß er, wohl in der Zeit noch vor der Einschulung, ein klein wenig als eine Art von „Wunderkind" bestaunt wurde, da er, seinem Alter weit vorausgreifend, über unerhörte Erfindungsgabe und Geschicklichkeit im Vorführen nicht genau beschriebener Kunststückchen und Albernheiten jeglicher Art verfügte. Er selbst erinnerte sich nur, wie schamlos er die „Sensationslust", Verrücktheit und Gutmütigkeit der

---

* Was übrigens der Grund für den plötzlichen Kindstod trotz völliger Gesundheit ist.
** Was damals die Gefangenschaft in dem Cocon des Säuglings war, war später die Gefangenschaft und Rechtlosigkeit des Inhaftierten oder Fixierten.

Erwachsenen ausnutzte, um kleinere Belohnungen zu erheischen.

Alles in allem konnte man Peter das ambivalente und zwiespältige Glück einer schönen, erfüllten und wohlbehüteten Kindheit bescheinigen. Seine Mutter war überaus gutmütig, wohlwollend, schützend und warmherzig. Sein Vater war zwar im Begriff, immer stärker dem Alkohol zu verfallen, aber das geschah sehr kontrolliert, ordentlich und ohne Ausfälle, Grobheiten oder sonstige Eskapaden. Er war zwar sachlich streng und durchaus respekteinflößend, aber doch den beiden Kindern, Peter und seinem fünf Jahre älteren Bruder Frank, immer freundschaftlich und großzügig gegenüber. Peters Bruder Frank war im Grunde auch ein Glücksfall, denn dessen gutmütige und nachgiebige Art erweiterte den Spielraum Peters um den eines, wegen seines Vorsprungs von fünf Jahren, in allen Fragen der Entwicklung Pionier und Vorreiter seienden Jungen in seiner nächsten, stets verfügbaren oder zumindest anschaubaren Nähe.

Allerdings gab es gewisse, gravierende Defizite im Familienleben, die damals bereits ihr nachhaltiges, emotional ruinöses Werk zu verrichten begannen. Zwischen den beiden Elternteilen fehlte jede Art von Gemeinsamkeit und emotionaler Wärme. Keine Liebkosungen, freundlichen Worte oder Umarmungen. Statt dessen immer öfter lautstarke und streitähnliche, allabendliche Dispute aus dem Nichts heraus, die regelmäßig mit dem protestartig, wortlos-empörten Abgang und Rückzug des Vaters in den, im Keller gelegenen, Hobbieraum endeten und damit die Familie immer stärker um den Faktor Vater beraubten, und damit natürlich um den Faktor Familie überhaupt. Hier zeigte sich zum ersten Mal die wohl hervorragendste, in dem Alter von nur fünf Jahren geradezu sagenhaft anmutende Charaktereigenschaft Peters. Er war damals schon, natürlich ohne intellektuelles Bewusstsein, aber doch instinktiv zu 100 Prozent von dem Gedanken erfüllt, daß es nur eine Wahrheit, nur eine Gerechtigkeit und eine Lösung für alles geben könnte. Er postulierte, daß alle Menschen doch nur die Wahrheit mit gemeinsamer Anstrengung und wohlwollender Absicht herausfinden oder herausdiskutieren müßten und daß es dann mit der unfehlbarsten Selbstverständlichkeit und Natürlichkeit einen Konsens, eine Einigung und allseitige Zufriedenheit geben müsste. Als eines Abends, vielleicht gegen neun Uhr, Frank und Peter wieder einmal nicht nur durch die Lautstärke, sondern der ganzen, für Kinder beängstigenden Natur von Streitereien zwischen den Eltern, am Einschlafen furchtvoll gehindert wurden, fasste sich Peter, nicht der ebenso betroffene fünf Jahre ältere Frank, nach langem Warten, Zögern und Bangen, ein Herz und kletterte aus seinem Bett, schritt entschlossen Richtung Wohnzimmer, riss die Tür auf und schrie seine Eltern voll gespielter Empörung an: „Was soll denn das, ihr seid jeden Abend so laut, das wir nicht schlafen können, das geht nicht. Unterhaltet euch gefälligst wie normale Menschen!" – Tür zu. Flucht ins Bett. Stille. Unheimliche Stille. 2 Minuten. 3 Minuten. Und es ging los wie vorher. Die alten Affen hatten nichts begriffen. Peter auch nicht. Die Eltern hatten die Autorität, und wenn sie stritten, hatte das höhere und eminente, wichtigere Gründe, als Peter begreifen konnte.

Aber in dieser Stunde, in jener Nacht, ist es alles geschehen.

Symbolisch und real hat sich die traumatische und repräsentative Konstellation, die sein ganzes Schicksal, sein ganzes Leben für immer so tragisch und einsam prägen sollte, zum ersten Mal in aller Deutlichkeit – ihre primitive, widerwärtige Fratze zeigend – offenbart. Damals spürte er es, heute spürt und weiß er es. Alle Feinde waren vereint: 1. Dummheit – der Grund für den Streit, 2. Feigheit – Der Bruder half ihm nicht, 3. Verlogenheit – man sagte alles sei in Ordnung, es würde jetzt Ruhe herrschen.

Als dann die Hölle auf Erden für ihn wahr wurde, er hatte es bis zum Schluß nicht wahrhaben wollen, nicht für möglich gehalten, als Unschuldiger zu so etwas unendlich grauenvollen, jede Freude, jede noch so kleine Hoffnung für immer ersterben lassenden, wie der Schule, wahnsinnig werdend vor Angst, denn er wußte es würde für Jahre kein Entrinnen geben, verurteilt zu sein. Niemand half ihm da raus, keine Eltern, keine Großeltern, niemand. Fotos vom Einschulungstag zeigen ihn blaß vor Entsetzen. Ataxie. Aphonie. Apathie. Und diese anderen kleinen Affen fanden das alles teilweise sogar aufregend und lustig. Dem Lärm, dem Gemurmel, dem Wollen und den Macken und Dummheiten so vieler Fremder auf einmal ausgesetzt, verlor Peter jede Kraft, jeden Willen und jedes Selbstbewusstsein. Alle schienen ihren Platz im Leben zu kennen und sich meisterhaft mit Tatendrang und Willenskraft zu behaupten. Plötzlich kam er sich schwach und unterlegen vor. Alle wollten und taten. Peter schaute nur ohnmächtig zu. Alle schienen wichtig zu sein und ihm überlegen, denn sie hatten alle ihre Ziele, ihren Platz und ihren Willen. Peter hatte nichts mehr. Er begann die anderen heimlich zu bewundern und zu beobachten. Er konnte aufgrund seiner unverzogenen, pädagogisch unverdorbenen, natürlich selbstfocussierten Art nur schließen, daß die Anderen großenteils viel wichtiger und viel berechtigter zur Inbesitznahme der Welt waren als er. Denn hätte er ein solch fulminantes, eminentes und imposantes Auftreten wie gewisse Mitschüler gehabt, dann nur wenn er von einer gottähnlich autorisierten Macht mit einer persönlichen Mission beauftragt wäre. Ohne solch besondere Befugnisse hätte er es nie gewagt, anderen zuvorzukommen bei der Platzwahl oder beim Ergreifen herumliegenden Spielzeugs oder einfach nur herumzuschreien aus Lust und Laune. Wenn die Anderen all das ohne Rüchsicht und ohne zu fragen taten, dann hatten sie aus Peters Sicht ganz zweifellos eine besondere Berechtigung dazu, von der er zwar nichts wusste, aber nur weil er nicht wichtig genug war, daß man ihn über diese besondere Berechtigung überhaupt informiert hätte. Sicher war für ihn nur, daß er diese besondere Berechtigung nicht besaß. Sein ganzes Leben bestand nun aus den beiden extrem nervenstrapazierenden diametralen Welten Schule und zu Hause. Hölle und Himmel. Zu Hause war ein Paradies voll vertrauter und lieber Menschen, Eltern, Bruder, Tanten, Onkel und Spielkameraden, Cousine und Nachbarsjunge. Seine Welt war ein kleines Himmelreich. Die Familie lebte im eigenen Haus mit großem Garten und Peter kannte und nutzte jeden Quadratmeter. Sein Gehirn wurde zum Panzer sobald es zur Schule ging. Irgendetwas bebte, zitterte und arbeitete in ihm von da an immer stärker werdend. Er war ja zum Beobachter, praktisch zum Expediteur und Reporter in eigener Sache geworden. Er beobachtete eines Tages, wie der Held der Klasse, der unanfechtbar stärkste Junge in der Klasse, eine Ohrfeige von einem einen Kopf kleineren, schmächtigen Ausländerjungen bekam, sich nicht wehrte, heulte und zum Lehrer lief. Er erlebte daß sich jemand von ihm 50 Pfennig borgte und tags darauf behauptete davon nichts zu wissen. Er sah wie eine Klassenkameradin einer anderen in einem unbeobachtet gewähnten Augenblick das Pausenbrot aus der Tasche nahm, darauf spuckte und wieder zurücksteckte. Diese Szenen hatten sich unauslöschlich in sein Gehirn gebrannt. Er war schockiert.

Derlei Erfahrungen waren besorgniserregend und aufschlussreich. Der vorläufige Höhepunkt und Eklat ergab sich, als Peter in der letzten Schulstunde vor den Weihnachtsferien, als die Klassenlehrerin in dem weihnachtlich geschmückten Klassenzimmer jeden in der Klasse, einem nach dem anderen, erzählen ließ, was man sich denn vom Weihnachtsmann gewünscht hätte. Peter war bereits voller Ekel und abgestoßen von den schamlos geheuchelten, feigen, opportunistisch-konformistisch stockdreisten, aber brave Glückseligkeit ausstrahlenden Lügen, die da ohne auch nur rot zu werden, erzählt wurden: Eine Christusfigur, Friede, Häkelnadeln um der Großmutter warme Socken zu häkeln, ein Fünf-Markstück mit Briefumschlag um es nach Afrika zu schicken. Solche angeblichen oder tatsächlichen, aber trotzdem nur angeblichen Wünsche wurden schleimtriefend vorgetragen, nur um – sich gegenseitig wohlfeil einlullen wollend und Seligkeit und Wertschätzung und die ach so wichtige Wärme gegenseitiger Eingeschleimtheit erheischend wollend – der Lehrerin in dieser glückseligen Zeit auch wohl zu gefallen. Peter konnte nicht anders, als nun endgültig seine Rolle als Rebell und

Außenseiter einzuläuten und sagte, nur um dieser allgemeinen widerwärtigen Schleimorgie einen Schlag zu versetzen, daß er sich einen ferngesteuerten Panzer gewünscht hätte. Der Effekt, den seine Antwort hatte, schmerzte und stärkte ihn gleichermaßen. Die pazifistische Lehrerin sagte in affektiertester Erbostheit, er solle am Heiligabend um sechs Uhr ins Bett gehen und hätte gar keine Geschenke verdient. Er war zum ersten Mal von einem großartigen, abenteuerlichen und strotzenden Gefühl einzigartiger, Befreiung und Macht verheißender Überlegenheit und, obgleich allein gegen alle, wunderbarer von Kraft erfüllter Selbstsicherheit überschwemmt worden. Die Ignoranz, Feindseligkeit und Schuld suggerieren wollende Haltung seiner Mitschüler und der Lehrerin konnten ihm nichts anhaben in diesem Moment. Er konnte es aber nur genießen und ertragen im Bewusstsein des in wenigen Minuten durch den Beginn der Weihnachtsferien garantierten Übertritts in seine, ihm vorbehaltlos wohlgesonnene, sichere und freundliche, Spiel und Spaß bereithaltende Welt des elterlichen, familiären Zuhauses. Er ließ sich nicht durch die vereinte Front der Ablehnung seitens der Schulwelt beirren. Der Ekel durch die Erkenntnis, daß diese zur Schau getragene Liebe zum Guten, zum Frieden und zum wohlwollenden Miteinander nur gelogen sein konnte mitsamt, alle Zweifel erschlagenden, Indizien, gab ihm nur zu Recht. Wie konnte die Weihnachtszeit die Menschen ändern, was war mit all dem Streit, Geschrei und Lug und Trug, der sonst ständig jede Harmonie durchstach. Irgendein, er wußte nicht, wer was und wo, etwas hätte ihn beobachten können, hätte er auch etwas Harmloses, Friedliches und Liebes als Weihnachtswunsch dahingelogen und sich widerrechtlich in die Reihen derer gesellt, die ihn sowieso nicht wollten und brauchten. Diese Schmach wäre ihm unerträglich gewesen.

Allerdings, schon bei diesem für ihn ersten und frühesten, signifikanten und erinnerungsträchtigen Beweis für die feige, feiste Verlogenheit der Menschen, besonders dann auf ekelerregendste Weise feige und feist, wenn sie sich in ihrer Verlogenheit als schleimige, sich aneinander wärmende konforme Masse solidarisch miteinander zeigten, wurde ihm klar, daß er sich lächerlich machte, wenn er sich hier selbst einer kritischen Rückschau unterzog, wo doch die Beweise für die Richtigkeit seiner nicht nur klassisch misanthropischen, sondern vielmehr auf viel wertvolleren, ästhetisch begründeten Anschauungen beruhenden Vernichtungsabsichten, so frappierend, erschlagend und explosionsartigen Brechreiz erzeugend, zahllos waren, wie Atome im Weltall. Ohne intellektuelle Umwege zu gehen, mußte es doch eigentlich jedem, wenn nicht Tier, so doch Homo Sapiens, sofort anschaulich sein, daß etwas nicht stimmen kann mit einer Spezies, die hoch erhobenen Hauptes, voller Stolz, stets darauf bedacht ist, die Wichtigkeit und die Berechtigung ihres Handelns zur Schau zu tragen, zu verteidigen und zu behaupten und sich morgens zu maskieren und zu verkleiden um unter die Augen anderer zu treten, wenn doch nicht geleugnet werden konnte, daß jeder fraß, verdaute und schließlich, stets peinlich verborgen vor den Augen anderer – schiß. Es bestand kein Zweifel, daß die Menschen, eigentlich mit ihrem gesamten Auftreten, den ganzen Szenarien, im Grunde nichts anderes taten, als zu leugnen und den Verdacht undenkbar zu machen und zu zerstreuen, daß sie – scheißen. Eigentlich, so fiel ihm gerade ein, wäre es notwendig, um den Leuten grundsätzlich ein realistisches, ungekünsteltes, adäquates und ihre eigentliche, tatsächliche moralische und ästhetische Position vor Augen zu führen und stets in Erinnerung zu rufen, sie auf jeder Art von Ausweis, prinzipiell nur nackt und scheißend zu zeigen. Er glaubte, daß das vielleicht einen gesunden, regulierenden Ausschlag geben würde und die Menschen vielleicht von ihrem wahnhaft krankhaft überhöhten Selbstbildnis in die Realität zurückrufen könnte. Ein stetiger, schockartiger, seine Wirkung trotz einer gewissen, allmählichen Gewöhnung, garantiert nicht verfehlender Appell und eine Zurechtweisung auf das richtige Maß an Ansprüchen, daß sie in diesem Leben zu stellen hätten.

Gerade auf einem (– wie wir später noch feststellen werden –) nicht ganz ziellos verlaufendem Spaziergang befindlich, und über die wohl eher als kritisch zu beurteilenden Erfolgsaussichten einer, die eben erwähnte Ausweisbildvariante betreffenden Petition an den Bundestag, die Bundesregierung und das Bundesverfassungsgericht, nachdenkend, wird er auf widerliche Weise angesprochen: „He, hallo Herr B., mal stehenbleiben!" Noch bevor er sich umschauen wollte, war er von einem mobilen Einsatzkommando der, früher landeseigenen – heute privatisierten städtischen Klapsmühle, unter ihren Opfern nur Ballabude genanntes und offiziell „Fachklinikum Gö…", Suchtambulanz der Abteilung für polytoxikomanische, fremd und selbstgefährdende Persönlichkeiten", umringt. Zwei sportlich-kräftige Sanitäter, ein Mann und drei Frauen in Zivil.

„Hä".

Zu dieser schroffen und stilistisch mangelhaften Replik muß angemerkt werden, daß Peter B. seit etwa einem Jahr neue, natürliche und seiner tatsächlichen Haltung den Menschen gegenüber angepasste Umgangsformen pflegte. Seine frühere, stets respektvolle, geradezu klassisch-altmodische Höflichkeit Fremden gegenüber hatte er sich aberzogen. Er konnte diese regelmäßige Selbstentwürdigung durch Ehrerweisung Schweinen gegenüber nicht länger vor seinem Gewissen verantworten und hatte sich, auch aus praktischen Gründen, nach erbittertem inneren moralischen Schlagabtausch, dazu durchgerungen, mit Konsequenz eher zu unhöflich als zu höflich auf Menschen zu reagieren. Für den seltenen Fall eines unangemessenen verletzenden Effekts bestand im Nachhinein immer noch die Möglichkeit zur Entschuldigung und Wiedergutmachung. Und, wenn nicht, ach Gottchen, scheiß doch drauf. Ja, so war er geworden.

Peter hatte zielsichere Instinkte entwickelt und geradezu traumwandlerisch schnelle Kombinationsgrade entfaltet: „Verseuchtes Terrain, offiziöse Aura aber keine Polizei, durch unnatürliche aber professionelle Selbstsicherheit Druckmittelbesitz suggerierend... wunderbar, alles klar. Mit diesen Figuren werde ich mir ein Spielchen erlauben, aber Achtung, möglich ist alles", dachte er sich.

Vor einigen Jahren hatte Peter begonnen, mit primitiver und brutaler Selbstvergiftung zu experimentieren. Er war zwar ohne spezielle Vorkenntnisse, aber er war wachsam und vorsichtig. Zunächst verwendete er Alkohol, um herauszufinden, ob er seine Lebens-, oder besser gesagt seine Stimmungsqualität auf chemische Weise so manipulieren konnte, daß er wenigstens gelegentlich, entweder als Belohnung für überstandene Zeit in der Warteschleife des Lebens oder als Therapeutikum um Überspannungszustände aufzulösen, im Notfall auf ein Durchhaltemittel zurückgreifen konnte, auf seinem langen, langen, langen, langen, wirklich etwas zu langen Weg ins Ziel. Der von ihm als Philosoph rezipierte Psychologe Sigmund Freud hatte es in einem sachlich-nüchternen Essay plausibel gemacht, auf chemische Weise einen, bedingungslos erreichbaren, wertfreien, Glückszustand erreichen zu können. Schließlich war Peter auf den, für ihn in erster Hinsicht ultimativen und komfortabelsten Glücksbringer gestoßen, und zwar Diacetyl-Morphin, im Volksmund Heroin genannt. Es kam natürlich, wie es im Falle Herrn B.s immer kommen mußte. Exzesse und im wahrsten Sinne des Wortes, schwindelerregende Überdosierungen führten immer wieder zu äußerst unorthodoxen, paradoxen und extrapyramidalen „Vorgängen und Verhaltensweisen" rund um Peter B., die kein unabhängiger Beobachter hinnehmen konnte ohne ein ums andre Mal zwanghaft den Notarzt zu alarmieren und Herrn B. wiederum sich ein ums andre Mal in der geschlossenen Abteilung vorhin erwähnter Psychatrie, unerbittlich durch massivste Riemen an sämtlichen Gliedmaßen bewegungslos an eine Krankenhauspritsche fixiert, wiederzufinden. Die Menschen hatten sich erstaunlich empfindlich und unflexibel gezeigt, wenn es darum ging auch einmal unkonventionelle und nicht in gängige Muster passende Verhaltens- und Daseinsformen zu akzeptieren. Einmal zum Beispiel wurde Peter gestellt, nachdem er drei Tage lang im Alkohol-Delirium glaubte von Monster-ähnlichen mörderischen Verfolgern gejagt zu werden und daher wiederholt versuchte, wildfremde Menschen auf der Straße als Mitstreiter gegen diese

Verfolger zu gewinnen. Zack – Psychatrie. Ein anderes Mal,
vermutlich durch, mit Rattengift, Strichnin 10 oder Stechap-
fel, gestreckten Stoff affiziert, versuchte er diversen Gegen-
ständen, wie einem Schreibtisch-Globus, einem Tennisschlä-
ger oder einem Stofftier, Mut zu machen, sich endlich zu ihrer
menschlichen Persönlichkeit zu bekennen, ein paar Stufen
der Metamorphose zu überspringen und ihre traditionelle,
gegenständliche und chancenarme Existenz aufzugeben und
es einmal, seinetwegen sogar in ihrer gewohnten, bisherigen
Erscheinungsform auftretend, als Mensch zu versuchen.
Zack – wieder Psychatrie. Nur weil es irgendeines Spießers
Minigehirn schmerzte und überforderte, derartige Vorgänge
als durchaus ereignungsberechtigt und ambitioniert anzuerkennen. Als schließlich – und das war einer der Höhepunkte
seiner regelmäßigen staatsgewaltlichen Verwicklungen –
nach seiner telefonischen Ankündigung, eine kontrollierte
Kernspaltungsdetonation, auch unterhalb der kritischen
Masse im Keller seines Hauses durchzuführen und darauf-
hin ein Sondereinsatzkommando, vermummt, gepanzert und
mit Maschinenpistolen bewaffnet, 10 Stunden um sein Haus
pirschte bevor auch nur der erste Kontaktaufnahmeversuch
zu ihm stattfand, evakuiert wurde, und Peters Vergehen oder
Vorgehen prompt wieder mit mit der nun schon bald zehn-
mal in einem Jahr durchgeführten Fixierung auf besagter
Krankenhausspritsche quittiert wurde, beschloss er, sich zu
schwören, zu seinem eigenen Wohl, in Zukunft niemals wieder fremden Kräften ausgeliefert und seiner Freiheit beraubt
zu werden.

Jedenfalls war er im nachhinein froh über diese neuartige,
originelle und bunte Erweiterung seines menschlichen

Erfahrungshorizontes, denn obgleich ihm trotz gelegentlicher richterlicher Beschlüsse zur einstweiligen Zwangsunterbringung in geschlossenen psychatrischen Abteilungen, durch tadellos „vernünftiges, normales und kontrolliertes" Verhalten und Artikulieren, Aufhebung der Unterbringungsbeschlüsse und eine Entlassung auf eigenes Risiko – gegen ärztlichen Rat – gelang, so hatte er doch insgesamt und zusammengerechnet viele Wochen Zeit, ein großes Spektrum an psychopathologisch schwerst Abnormalen und krank eingestuften Menschen jeder Art in nächster Nähe und aufs intimste kennenlernen, beobachten und studieren zu können. Der Einfachheit halber wurden allerdings besonders aktive und unbequeme Patienten in der Regel entweder durch direkte körperliche Fesselung oder durch chemische Deaktivierung bzw. Modifizierung in ihren Ausdrucks- und Entfaltungsmöglichkeiten aufs grauenvollste eingeschränkt, entmenschlicht und in, für Studienzwecke wertlos gewordene Zombies und Ex-Menschen verwandelt. Auf alle Fälle glaubte Peter zeitweilig, wenn nicht in der Psychiatrie, wo denn sonst könne er mit einer höheren Wahrscheinlichkeit einmal einen echten, aus Intelligenz und Erkenntnis verzweifelten, mit dem Wahnsinn ringenden und ihm seelenverwandten Geist treffen.

Die ersten Tage seiner anfänglichen Aufenthalte waren wirklich und wahrhaftig von Euphorie und panischer Angst bestimmt. Panische Angst jedoch nur wegen der Ungewissheit bezüglich seiner Aufenthaltsdauer, nicht etwa wegen der häufigen Gelegenheiten, in denen er, praktisch frei auf den Zimmern, Korridoren und Aufenthaltsbereichen innerhalb der geschlossenen Abteilung herumlaufenden Mördern, bestialischen Schlägern und psychopathischen Triebtätern ausgesetzt war. Er fühlte sich durch seine, zwar noch nicht praktizierte, aber dennoch, wie er überzeugt war, potentielle Bereitschaft zur Brutalität, vor etwaigen Angriffen gefeit. Tatsächlich bestätigte ihn der respektvolle und bedachte Umgang diverser Kapitalsünder mit ihm, in nahezu allen Fällen. Sein markantes, zwar durchaus nicht unattraktives aber von Abgründen und waghalsigen Abenteuern gezeichnet scheinendes Gesicht, seine scharfe Physiognomie, stechender, unergründlicher, funkelnder, stahlblauer Blick und eine kräftige athletische Statur unterstützten ihn dabei in beträchtlichem Maße. Ohne zu schmeicheln mußte man ihm eine gewisse Aura edler oder adliger, überlegener Art attestieren. Oder zumindest eine starke Tendenz in diese Richtung. Wenn man sein Auftreten idealisierte und mit Musik untermalen würde, käme dafür eine rudimentäre Musiksynthese aus Peter Gunn und dem 4. Satz Beethovens Neunter in Frage.

Er hatte schnell begriffen, daß es, solange man unter ärztlicher psychologischer Obhut lebte, praktisch einer jeder ärztlichen Willkür oder Sturheit sich ausliefernder[6] Selbstaufgabe gleichkam, in irgendeiner Form das Thema Selbstmord auch nur als etwas von dessen Möglichkeit man vielleicht irgendwann einmal gehört habe zu behandeln. Auf die Frage nach suizidalen Gedanken oder Tendenzen, gleich welcher Art, musste man in meisterlicher Manier reagieren, als würde man gerade auf chinesisch angesprochen und erst nach langem hin und her überhaupt erst kapieren, was und wer hier gemeint sei. Ansonsten war schnell Feierabend. Scheuklappen wurden aus dem Nichts herbeigezaubert,

Ärsche gingen auf, Schleusen gingen runter, Botschaften und Grenzen wurden geschlossen, fremde Währung wurde eingezogen, jeder Dialog wurde abgebrochen, Kriegsvorbereitungen wurden getroffen. Nein, nein, selbst bei idealem, gelassen-selbstsicher und in gesicherten und stabilen sozialen Verhältnissen lebend zum Ausdruck bringendem Auftreten, kombiniert mit klarem, jeden Interpretationsspielraum erstickendem Gebaren, dauerte es immer noch einige Tage, bis sich ein Richter in Begleitung staatlich verordneter Anwalts-Attrappe in die Geschlossene bequemte und einen Unterbringungsbeschluss aufhob. Peter brauchte seine Freiheit wie andere die Luft zum Atmen, und als skeptischer, seiner Aussenwirkung selbst nie so ganz vertrauender Mensch befürchtete er immer irgendeine Perfidie oder gar Entdeckung seiner verborgendsten Weltaufhebungsgedanken. Das machte es ihm so schwer, auch nur fünf Minuten in eingeschlossenem Zustand zu überstehen und stellte seine Phantasie und sein Hirn insgesamt auf eine qualvolle, dem Wahnsinn wirklich nahe Nervenzerreißprobe, die er nicht ertragen konnte. Aber er wußte auch genau, welche Regeln galten und verlässlich eingehalten wurden.

Naja, keine dieser sechs Figuren stellte zwar eine Herausforderung dar, aber zuhause in ihrem Nest, dem Psycho-Bunker, warteten ja die einen oder anderen Experten, mit denen es sich lohnte zu „experimentieren". Die beiden Sanitäter, pflichtstolze, stabile, weder noch-irgendwas Gestalten. Ein verklemmt-sozialgeiler alternder Spät-68'er. Und drei Mädchen, die Initiative versuchten und mit allem was sie zu brauchen glaubten sich ausgerüstet wähnten – eine insgeheim besessener als die andre, sich von Wagenladungen voll

Kaffern bumsen zu lassen, bis ihnen die Embryos aus den Ohren kommen* – legen los: „Herr B., sie haben vielleicht davon gehört, die xxx-Kliniken testen jetzt die ambulante, zu hause-Betreuung psychologisch labiler Patienten zur Wiedereingliederung, von denen wir in der Gegend mit den Häusern der städtischen Wohnungsgenossenschaft ja zum Glück in den letzten Jahren viele unterbringen konnten. Wir haben gesehen, daß sie Auto fahren und wir gehen davon aus – und jetzt aus der Nähe betrachtet – daß sie was im Blut haben, wir können sie jetzt nicht sich selbst oder dem Straßenverkehr überlassen." „Polizei rufen oder mitkommen" ruft einer der Sanis dazwischen und verrät durch diese Insubordination das Nichtvorhandensein jeglicher Autorität in diesem mobilen Psycho-Kommando. Das wortführende Mädchen fährt fort: „Wir wollen ihnen helfen, ihr dreistündiges Gespräch damals mit Dr. XXX (dem Leiter der Klinik) hat Furore gemacht, wurde in Kurzfassung protokolliert und dient heute als Schulungsmaterial zur Psychoanalyse bestimmter Fälle von Persönlichkeits-Dilatation, kommen Sie bitte mit und unterhalten sie sich mit uns." Das verblüffte ihn, er wusste doch, daß psychologische Kliniken, spätestens seit der Privatisierung, reine Geldmaschinen, Theraphie- und Pillenfütterungsfabriken waren. Es schien ihm unmöglich vorstellbar, dort auch nur auf den drittklassigen Idealismus einer Ehrgeizlings-Haltung zu treffen. Er mochte eigentümlicherweise den Gedanken, daß diese Psycho-Mädchen glaubten, ihn nötigen zu können indem sie an die Polizei erinnerten. Er wußte daß sie strengste Wei-

---

* Hiermit sind natürlich nur die Gedanken des Protagonisten, nicht etwa des Autors (das wäre ja ...böse) wiedergegeben.

sung hatten, in solchen Fällen niemals wirklich die Polizei zu rufen. Ein großer Teil, der nicht aus Zwang, sondern aus Hilflosigkeit, Einsamkeit oder schierer Blödheit freiwillig zu ihnen kommenden Patienten tat das ja nur im sicheren Gefühl, nicht mit der Polizei konfrontiert zu werden.

Wie auch immer, Peter hatte Lust auf Gesellschaft, denn seit seiner Emigration vor einem halben Jahr – er ist aus der Stadt in eine kleine Mietwohnung in einem kleinen, idyllisch abgelegenen Dorf gezogen – hatte er jegliche regelmäßigen sozialen Kontakte aus seinem Leben verbannt und konnte es endlich mehr genießen, mit Menschen zu verkehren. Er hatte dabei aber andere Motive als die Wärme harmonischen Miteinanders zur gegenseitigen Lebenswertbestätigung, gegenseitiger Selbstbefruchtung-Beweihräucherung in gesellschaftlich anerzogenem Stil, wie es die Menschen im Allgemeinen anstreben, zu verspüren. Für ihn war jeder menschliche Kontakt eine Aufgabe, jedenfalls grundsätzlich, eine Möglichkeit, kleinere oder größere psychologische oder intellektuelle Experimente durchzuführen; natürlich möglichst ohne es seine Zeitgenossen spüren zu lassen, denn er hatte schon sehr früh gemerkt, daß die Menschen bei aller sonstigen Grobschlächtigkeit doch sehr empfindlich waren und es in der Regel streng durch feigen unausgesprochenen Freundschafts- und Sympathieentzug bestraften, wenn man sie erforschen und schließlich sogar kritisieren wollte. Besonders die sogenannten, ja angeblich so diskussionsfreudigen und selbstkritischen Intellektuellen erwiesen sich als ganz besonders kapriziös-sensible Pflänzchen, deren impotentes Selbstwertgefühl aufs penibelste gehegt und gepflegt werden mußte. Im klinischen Kontext bestand wenigstens der wertvolle Vorteil, auf diverse persönliche Befindlichkeiten seiner Gesprächspartner keine freundschaftlichen Rücksichten nehmen zu müssen, sondern im Gegenteil, hier waren ja Provokationen und eventuell weit und im außerklinischen, „normalen Leben viel zu weit reichende Aspekte", sogar willkommen oder im Zweifelsfall wenigstens durch die professionell-therapeutisch-analytische Grunddirektive immer erwünscht oder zumindest toleriert. Peter B. erklärte sich also bereit unter Vorbehalt weiter reichender Entscheidungen und unter der Voraussetzung, ohne längeres Warten mit den höchsten Instanzen, sprich Klinikleiter und den kompetentesten anwesenden Psychoanalytikern, sprechen zu können. Plötzlich entschied er für sich, bereit zu sein einen endgültigen Sieg zu erringen und bei dieser Gelegenheit praktisch eine Art offiziell protokolliertes Zertifikat ausgestellt zu bekommen, in dem die Redlichkeit und zweifelsfrei überlegene und unwiderlegbare Richtigkeit seines Denkens und künftigen Handelns bestätigt und bescheinigt wurde. Nebenbei, wohl mehr als das, wollte er, nachdem er gehört hatte daß sein früheres Gespräch mit dem Klinikleiter quasi in Zement gegossen als Kainsmal und schreckliches Unrecht an seiner Persönlichkeit und Philosophie ausübendes, Schmach und Waffe gegen die Wahrheit über ihn darstellendes Zeugnis, Verbreitung und Konservierung gefunden hatte, massivst intervenieren. Noch auf der Fahrt zur Klinik, kramte eins der drei Mädchen, das sich als hospitierende Psychologie-Studentin entpuppte, drei Dienst-Bögen aus einer Mappe in ihrem Rucksack und reichte sie Peter mit dem Kommentar: „Schauen Sie mal, diese SMS haben Sie vor neun Monaten, bei ihrer ersten Einweisung, im Amphetamin-Rausch oder Entzug, es ließ sich nicht genau sagen, während des Aufnahme-Gesprächs parallel geschrieben, einem Freund geschickt und uns hinterher auf Bitten der Oberärztin zur Verfügung gestellt." „Oh verfluchte Scheiße nochmal, müßt ihr euch denn für jeden Dreck interessieren?" Ihm war klar, daß er bisher lediglich aus den falschen, von ihm nicht erwünschten Gründen für interessant gehalten wurde. Er erkannte sofort, daß seine damalige SMS mit allen Fehlern und Eigenarten detailgetreu festgehalten war. Gesendet 21. 06. 2010, 15.37 Uhr:

„Hallo XX, alter Freund und Kupferstecher. Habe verzweifelt versucht, meine frühere XX anzurufen. Nachgedacht, kein Wunder, welche Nummer? Idee ist gefragt. Werde es weiter versuchen.. Man will mich wohl für verrückt erklären. Ist aber gehemmt, besteche durch glänzendes Aussehen, klare Aussprache, sie alle aufs hemmungsloseste, degradierende, juristisch und praktisch nicht gegen mich verwertbare, schärfste Aggressivität, ipso facto, ipso jure, meine Freiheit bezüglich, „Ihr könnt mich alle mal lang, euch steck ich noch mitsamt unterwegs befindlichen, meinetwegen in dreifacher Ausfertigung mitgebrachten, meinetwegen in dreifacher Ausführung mitgebrachten, und von sich Richter zu sein behauptenden Hanswürsten signierten Beschlüssen*, denen ich noch erklären werde, wem sie hier, bei realistischer Positionsbetrachtung, vergeblich Kommunikation abtrotzen wollten; verliere Kontrolle;

---

* Gemeint ist Eilbeschluss – Totalentmündigung, akute Fremd- und Selbstgefährdung nach niedersächsischem psychiatrischem Krankenhaus-Gesetz muß weiter vorspielen, meinem resoluten amokerfolgs-harakiri-Anwalt zu schreiben. Niemand erfährt, wem ich hier sende! Konnte pysischen Abstand behaupten! BLEIB bis auf Weiteres PASSIV! Ich bin ohne Rat und zu QUALVOLLEN LEISTUNGEN ganz verschiedener Art, zur bloßen FREIHEITSBEWAHRUNG GEZWUNGEN." TOTALER struktureller KOLLAPS kündigt sich schmerz-voll, nur unter Aufbietung gar nicht mehr spürbarer, von einem für mich gar nicht mehr erreichbaren, als für den STANDARD-HOMO-SAPIENS der Tod erscheinendes Nahschicksal grauenvoll, nach etlichen Stunden ANGST, ANSPANNUNG auf polytaktische, nervöse, fies, übelst ek-lige, unaushaltbar chancenlos gewordene, nicht mehr auf-zulösender Verwicklungen. Neuer STATUS manifestiert sich in Herz und Hirn, – meine unerbittlichen PEINIGER und BELAGERER besitzen mich, wie eine Mutter ihr Kind. Aber verdammt, ich kotze gleich vor Angst und habe eine WAHNSINNSLUST aufzugeben. Mein System ist sauber und stabil. Ich weiß, daß ich alles von dieser Frau bekomme, was mich glücklich macht. Sie sagt's und jetzt merke ich auch, daß noch andere mich lieben. Ich schreibe weiter – das habe ich mir versprochen, mich diesmal nicht im Stich zu lassen, obwohl es die eben von MIR GEZEUGTE Liebe stört, die plötzlich alle hier zu meinen ENGELN DER EWI-GEN BEHÜTUNG macht. Mann! : behalt dieses seltsame Dokument, bis ein Mond ,rum ist, dann beweist es einan-der. Mann! Teufel!, denke sogar jetzt tausendmal schneller als ich mich bewege, verrate, und schlimmer: VERLIERE als ... So, ich borge mir jetzt moralfreie Kraft aus der erfreu-lichen und mich reinigenden, belebenden Aussage dieses tol-len, bis eben unerreichbaren, jede meiner SEHNSÜCHTE *heilenden Wesens. ICH habe es jetzt erreicht. Nicht die Entschlossenheit der Verzweiflung nach 10 Stunden praktisch aussichtslosem Überlebenskampf, sondern diese SCHEIß-GERADEMIRJAWIRKLICH – GESCHENKTE Liebe zu benutzen. Diese Sicherheit und Euphorie: 1. Mal. Ich muß es jetzt irgendwie speichern und ... scheiße: HILFE, ich halte es nicht aus, ich habe keine Chance, außer weiterschreiben wie ein Bettnässergnom, dem man immer die Frau hingehalten hat. Der außer Lärm mal gar nichts erlebt hat. Aber nach dem Krieg – schöner kann's auf Erden nicht werden. Dieses verdammte Geschenk habe ich jetzt erhalten. Habe auch Eskalation gesucht. Ich werde jetzt meine Befreiung erklären, – durchführen. Meine Freiheit durch Aussprechen sofort als Zustand einfach plötzlich vorhanden sein lassen. Uhrzeittagelangegalschlafenohneende wie ich will. Ich lese mir diesen einzigartig wahren Wortkram jetzt durch, behalte dieses Abstrusum in elektrischer Form selbst. Mit diesem parallel zum nun von mir mit absoluter, nicht zu gefährdender Siegesgewissheit, jetzt ihr (gleich werden diese liebevollen, momentweise MICH und nur MICH END-LICH liebenden Geschöpfe wünschen, sie könnten sich noch einmal unschuldig freuen) Ende findenden Idiotie, daß alle inzwischen etwa 15, mich mit ganz verschiedenen Augen beobachtenden Menschen, so annehmen werde, wie ich es gestalte und kompromisslos vorgebe. Ich glaube, DIR verrate ich JETZT kein Geheimnis, wenn ich zugebe, daß die gleich von mir penetrierte Menschengruppe in ihrer Zusammensetzung (wie bestellt größtenteils weiblich und jung) ideal ist. Wenn ich, das ist jetzt mein erhabenster und glückseligster Wunsch, diese, mir schon jetzt unverwertbar, zu konfus und sich ekelhaft gestaltende, beginnende,*

unvermeidbare und eskalierende Manifestation des Ge-
genteils von Unschuld und Ästhetik, namentlich TRIEB-
HAFTIGKEIT und DUMMHEIT aus den vergangenen
Stunden herauslesen werde, SCHWÖRE ICH, daß mein
Weg hier und jetzt zu Ende ist! Ich habe aber tatsächlich
die Hoffnung, statt völligem Ekel einfach Erlösung zu reüs-
sieren, in Bezug auf Befreiung eines Denkens, das, ich kann
es noch nicht sagen, irgendwie erneuert, erfrischt, entlastet.
Du weißt, ich habe kein Maß, aber konventionelle, gesell-
schaftlich doch ziemlich präzise diktierte und eingewöhnte
Maßstäbe, wenn auch nur initial und ungefähr, aber aus-
schöpfend, gegen diese Personen angewendete modi pro-
cedendi, werden sie unvermeidlich das Recht besitzen zu
glauben lassen, mich geradezu als geisteskrank oder stu-
pend anenzephalitisch-dummdreist aburteilen zu können,
da ich, wie vollkommen selbstverständlich, in höchstem
Grad, „jene abwertende Interpretation" verlautbare, welche
auf keinen Fall irgendeine Form von Berechtigung, sondern
die konsequenteste, nicht zu umgehende oder relativierende
Pflicht sofortiger, totaler Vernichtung der kompletten solch
unglaublich schändlicher und WAHRHAFTIG ekelhaft
als ihr einziges Prädikat mit sich führender, offenbarter
Haltung besteht."

Ja großartig, was bin ich doch für ein völlig verblödetes
Schwein, dachte er sich. Naja, wenigstens habe ich meinen
größten Feind immer zur Stelle. Kann mir nicht entkom-
men. Kann immer gegen ihn kämpfen. Mit sich selbst als
größtem Feind hat man doch wundervolle strategische
Vorteile. Dieses Gefühl schockschwerenotartiger totaler
Umgehauenheit, Verachtung und offen zur Schau gestellter

innerster Gedärme, während alle um ihn herum sich gegen Bloßstellung und Angriffsflächenoffenbarung in perfektester Manier gepanzert, gewappnet und unüberwindlicher Weise elegant, glorios unerreichbar komplett abgesichert, präsentierten. Unerreichbar überlegen aus der schönen, gelobten Welt, durch gar nichts zur Anteilnahme oder Verständnis zu bewegen, mit Augen schauend, die allein schon physikalisch unfähig waren, in seinem, tief im Dreck, im Modder und Schweinekot befindlichen, niederstem Lichtspektrum zu sehen. Jawohl dieses Gefühl kannte er und er hatte es satt. Immer, immer und immer wieder aus dem Nichts aufzustehen, ohne irgendeinen realen Rückhalt in der Welt. Immer und immer wieder nur durch heillosesten, irrwitzigsten Optimismus, gewährt aus gar nichts, außer aus Scheiterhaufenasche zusammengeflockter Phantasie, die aber auch gar keine Substanz hatte außer dem jede Menschenkraft auf Dauer widerstrebendem Wahnsinn der Anmaßung gleich real erwarteter Götterscharen, die den Weg ebneten und ein Leiden zum Paradies endloser, für immer und ewig in allen Welten garantierter, unübersteigbarer, niemals gefährdeter, unbeeinträchtiger, jedes Zeitmaß sprengender, euphorischer Freude und Glück aus heiterem Himmel und unanfechtbarer Garantiertheit. **Dermaßen** zurechtgestutzt, in den Arsch getreten und gezwungen, ohne Rückgrat, fühlte er sich so ausgelöscht, besiegt und leer, daß er das Mädchen durchdringend und ruhig anschaute und versuchte, ihr den Gedanken zu implizieren, sie sich komplett einzuverleiben. Und wenn er gewußt hätte wie, hätte er es sofort getan. Sie spürte wohl irgendetwas in der Art und lächelte delikat, als würde sie ihn quälen wollen, sich in dem eminenten Bewusstsein großer Stärke seines Leides durch sein Erkennen der Unmöglichkeit, dieses Verlangen zu befrieden, begehrenswerter zu machen, als es ihr stand, gerecht war – es gelang nicht, war zu plump, nicht wertvoll genug. Und um seine Ausgelöschtheit praktisch noch zu versiegeln, erinnerte ihn dieses Mädchen (er bezeichnete alle Frauen, die unter 50 und hübsch waren, als Mädchen) an das letzte Defizit seiner ansonsten aus seiner Perspektive homogenen und abgerundeten Weltdurchleuchtung: Er schuldete es seinem Perfektionismus, jede theoretische Erkenntnis erst dann als evident und authentisch für sich anzuerkennen, wenn sie nicht nur seiner Überzeugung, sondern auch seinem subjektiven (und erst damit für ihn als objektiv qualifizierten) Empfinden entsprach. Ihn also so weit durchdrungen und erfasst hatte, daß theoretische Erkenntnis und eigenes spontanes Empfinden in ihrer Wertung **deckungsgleich** waren. Und das war in Bezug auf hübsche Frauen eine persönliche NIEDERLAGE. Jedem Lebewesen war er fähig, sofort das **ekelhafte**, lebensgierige, auch SCHMUTZ begehrende anzusehen UND zu spüren, nur nicht bei einer hübschen Frau. So wie man bei Geld, das durch kriminelle, mörderische, quälende Taten erworben wurde, sagte, daran klebe Blut, so konnte man bei jedem Lebewesen auf dieser Welt leicht sagen, es klebe Kot daran. Bei einer schönen Frau war das nicht möglich, es passte, so sehr er auch seine Phantasie strapazierte, nicht gefühlsmäßig zusammen. In diesem Status befindlich, mußte er – die Gelegenheit hatte sich jetzt eingespielt, und wann anders gab es nicht – also den finalen, Triumph verlangenden Dialog, der ihm bevorstand, ausfechten. Vital zeitweilig vernichtet, aber theoretisch gewappnet, energetisiert, ausnahmsweise durch geborgte (vielleicht einem Idol entwendete), moralfreie Kraft, wie er es definierte. Dieses Zeugnis, das nach seiner Tat für ihn sprechen würde, sollte wenigstens vorhanden sein.

„Soso, haha, da haben wir ihn ja", sagte der Klinikleiter, als er eintrat. Merkte er wirklich nicht, wie so eine Begrüßung wirkte? Doch! Und verzweifelte Wut explodierte in Peters Schädel. Er mußte diese Eröffnung sofort tilgen und ihm fiel eine direkte Möglichkeit für einen Neubeginn dieser Begegnung ein, auch wenn der vielleicht eine große Aufgeregtheit – die nicht vorhanden war – seinerseits vermuten ließ. Es ging nur grob und schlecht! „Entschuldigung, ich müßte mal dringend..." „Toilette ist vorne neben dem Schwesternzimmer." „Danke, äh woran erkenne ich den Unterschied?" „Bitte?" „Schon gut, bin gleich wieder da." Als er an der Anmeldung vorbei, Richtung Schwesternzimmer ging, versperrte ein Rudel Neandertaler den Weg. Dieses aufgeregte Lautarschgetümmel kam ihm bei allem Ekel gerade recht... Frische Munition für sein kommendes Plädoyer gegen die Menschheit, – Vater Neandertal, der unmittelbare Schöpfer dieser neunköpfigen Wesenheit, dessen prototypische Haltung in Worte gefasst: „Uff, seht, ich habe begattet, uff, ich starker Mann, ich immer begatte" lauten würde, eine fette Gebärmutter und sieben kleinere Viecher, deren Schädel er sich als schwarzen Raum vorstellte, in dessen einer Hälfte ein längst vergessener Hundehaufen liegt und in dessen anderer Hälfte eine Spinne hängt, die sich zu einer, tot auf dem Boden liegenden, Fliege abseilt. Viecher, die quäkten, tummelten und wollten, deren aufgeregte Augen wie After, kurz nach dem Scheißen, in ihren Gesichtern steckten. Ihm war klar, daß sein Selbstbewusstsein, wenn es durch derartige Anblicke aufgefrischt werden konnte, noch lange nicht in der Verfassung war, die er von sich forderte. Aber gleich ging es um Theorie, die in einem Gespräch vermittelt auch keinerlei sprachliche Perfektion verlangte und in rudimentärer Form doch sehr einfach zu vermitteln und zu verstehen sein musste. Beim Erreichen der Toilette lud er eine gerade vorbei huschende kleine Schwester spontan zur Kopulation ein. Sie behauptete, gerade keine Zeit zu haben, was er als Ausrede nicht gelten ließ und sagte, sie solle kein Frosch sein und endlich beginnen, gewisse alberne, verstaubte und den Schleier der Maja endlos verdichtende Konventionen abzubauen und daß er bereit wäre, ihr den nötigen Anstoß zu geben. Er wurde total verrückt nach ihr, sie war so lecker und appetitlich und wohlschmeckend ergötzlich, daß alles andere als sofortige Verschmelzung mit ihr, die totale Depression einer Atomschlag verwüsteten Einöde bedeuten würde. Das müßte sie doch begreifen. Darauf angesprochen behauptete sie auch wirklich, zu wissen was er meine, aber... und jetzt wird es lächerlich, sie würden entdeckt werden, sie würde ihren Job verlieren, man würde sie anzeigen. „Na dann, komm gehen wir diese Gänge weiter auf die Toilette." Was dann geschah, waren drei Minuten halluzinativer, heißglühender geiler Rausch und ... Erlösung. Als beide erleichtert, gestärkt, beglückt und mit klatschnassen zurückgestrichenen Haaren die Toilette wieder verließen, sich einander verschlingend küssten und auseinander eilten, hatten beide einen Freund für immer und nie mehr gewonnen.

Für ihn hatte das nichts mit Ficken zu tun, sondern Vereinigung. Er hatte noch nie eine Frau penetriert, mit der er sich nicht zumindest nach allen äußerlichen Kriterien die vollkommene Verschmelzung, Vereinigung mit dieser anderen, andersherum gepolten Menschenhälfte als etwas Reines und Triumphales im Kampf gegen die Fehlerhaftigkeit des Häßlichen vorstellte. Früher hätte er sich so etwas brutal, und zwar so brutal und unleugbar ausschließlich als tierischer Lustbefriedigungs-Akt und hirnlosester Geilheit Dienendes nicht in der Realität vorstellen können. Einerseits fürchtete er immer, sehenden Auges seitens der Frau als in der Evolution weit zurückgebliebenes Lustvieh entlarvt zu werden, andererseits hätte er sich nie vorstellen können, daß eine Frau bereit sei, sich in ihrer kompletten tiefsten Empfindlichkeit und ausgeliefertesten Opferrolle, einem Monster auslieferte, daß in ihre offene Wunde schamlos und egoistisch zur Selbsternährung eindrang, sie jeder persönlichen Würde beraubte und danach nicht ein Leben lang für sie aufkommen, sondern einfach völlig unabhängig von ihr seines Weges ging und da mit ihr etwas zurückließ, das doch gar keinen Wert, das doch, nach männlichem Ermessen, sich völlig leer und benutzt und wertlos gemacht fühlen musste. Er hatte mit der Zeit einfach als Gewissensentschuldigung akzeptiert, die Gesetzmäßigkeiten weiblichen Handelns in diesem einen Punkt, bequemer Weise den Frauen zuzugestehen und die weibliche Sexualität als ein Phänomen anzusehen.

Als er wieder den Raum betrat, in dem erwartungsgemäß der Leiter der Klinik, Prof. Fäker, von Herrn B. zum Ausharren verurteilt, seine Anwesenheit durch Atmung, Verdauung und Blutzirkulation zelebrierte, stand dieser schwungvoll und mit ausgestreckter Hand, lebhaft grüßen wollend, auf, und zwang Peter zu improvisierten,

Unfreundlichkeit und Ekel kaschierenden Maßnahmen. Die Hand eines etwa 50-jährigen, langjährigen Onanisten konnte er einfach nicht schütteln, er wäre gezwungen gewesen, seine eigene Hand bis zur nächsten Waschgelegenheit zu negieren, als kontaminierten stinkenden Fremdkörper, für die Dauer des Gesprächs, sich möglichst selbst vom Leib zu halten. Mit dieser Unbequemlichkeit wollte er sich nicht auch noch arrangieren müssen, also zog er ein Taschentuch aus der Gesäßtasche und begann, mit der Entschuldigung, daß er seine Hand wohl nicht sorgfältig abgetrocknet hätte, ein zu langes Trocknungsgehabe, um das Aufrechthalten der Aufforderung zum Handschlag fürchten zu müssen, und bequem Platz zu nehmen. Da Peter wußte, bei seinem Gegenüber vielleicht den Gedanken an Waschzwang oder konventionellen Kontaktekel auszulösen, fühlte er sich ausreichend vor der Sorge geschützt, eine wenn auch noch so kleine Kränkung oder Verletzung eines empfindungsfähigen Lebewesens begangen zu haben.

„Nun Herr B., vergessen sie bitte das Zustandekommen Ihres heutigen, aus meiner Sicht letztmaligen Aufenthalts in diesem Haus, nicht jeder kann informiert sein. Vielleicht freut es Sie ja, wenn ich Ihnen gleich zu Anfang mitteile, daß Ihnen – es hat tatsächlich über Ihren Fall eine Art kleines internes Symposium, unter Verwendung Ihrer Adversarien und der verschiedenen Berichte und Protokolle über Sie, stattgefunden – geistige Gesundheit und Ungefährlichkeit attestiert wurden."

„Freuen tue ich mich höchstens unter dem Aspekt, der Angst um, wenn auch noch so kurzfristiger und -weiliger

Freiheitsberaubung, enthoben zu sein, was ich als kleiner Paranoiker außerdem ja nie wirklich bin. Die tatsächlich möglichen Gründe für dieses „Attest" können mich eigentlich nur ärgern. Entweder habe ich mich also schlechter verstanden, als Sie es getan haben, denn ich halte mich ja durchaus für gefährlich – in Ihrem Sinne. Oder Sie bestätigen meinen Vorwurf, daß es sich bei Ihrer Klinik um eine ausschließlich der Gewinnerwirtschaftung dienenden Fabrik handelt, für die ich ein unrentabler, nicht ins Konzept passender Kunde bin, der außerdem für den einen oder anderen kontroversen Affront unter ihren Experten gesorgt hat. Ich erinnere nur an den aphonischen, angeblichen Supramaterialisten, den ich, und keiner von Ihnen, zum Sprechen gebracht und ihm seine Fäkalomanie nachgewiesen habe. Oder an die hübsche junge Frau, die sich ihre Brüste amputieren, die Vulva exstulpieren, und somit geschlechtslos machen wollte..."

„Was ist eigentlich daraus geworden, ich war danach noch in Heidelberg."

„Ich habe sie tatsächlich von ihrer Absicht zur Selbstverstümmelung abgebracht, aber gar nicht mal aus altruistischen Gründen, sondern zur Hälfte, oder zu drei Hälften, akzidentell. Es hat mich fast zerrissen. Das war die Liebe meines Lebens. Ja ich hab mich verliebt und ihr gesagt, ohne zu schauspielern, daß Mann und Frau sich im Idealfall gegenseitig geschlechtlich neutralisieren, ja eliminieren können und die Triebhaftigkeit in geschlechtsfreie ästhetische, gemeinsam als höher potenziertes, kompletteres, sublimierteres Wesen, gemeinsam ... Ich glaube, sie hätte mir gereicht, ich habe ihr Hoffnung eingeimpft, sie begann mich anzunehmen, sie war 32 und Jungfrau und noch nie mit einem Menschen nackt unter einer Decke, sie sagte, ich wäre der erste Mensch, Mann, der sie nicht komplett anekelt, mein Gott was für eine Auszeichnung, aber ich habe ihr nicht gereicht, ich habe geweint, sie hat meine Tränen mit ihren Fingern aufgenommen, dann habe ich um Entlassung gebeten. Ich weiß nicht, was mit mir passiert ist, ich habe nie wieder nach ihr gefragt oder an sie gedacht. Sie war doch der wichtigste Mensch, der mir je begegnet ist. Naja jedenfalls habe ich sie aus ihrer Isolation geholt, ihre Traurigkeit beendet und sie auf einen Weg geschickt, – nicht ihr. Und dann wär da noch das Mädchen, dem ich beigebracht habe, wie man Tabletten hinter Zunge und Backenzähnen versteckt, ohne sie runterzuschlucken – nach zwei Tagen war sie wieder normal, mußte aber noch zwei Wochen lang ihren Pflegern die schrittweise Ausschleichung der Psychpharmaka vorspielen. Kein Wunder also, daß mein Fall in diesem Haus kontrovers und vorwiegend natürlich mit Ablehnung diskutiert wurde. Aber wie ich mit Verwunderung sehe, sind Sie persönlich ja offenbar bereit, auch von unerwarteter, ja eigentlich therapeutisch verbotener Seite zu lernen und zuzugeben, in irgendeiner Form persönlich affiziert und provoziert worden zu sein und lobenswerter aber kaum glaubhafter Weise eine Art professionelles Defizit ja, scheiße, nein vielmehr eine persönliche Niederlage erlitten zu haben. Sie wollen, wenn ich antizipieren darf, mich gratifizieren und fraternisieren.[7] Sie wollen sich noch einmal persönlich vergewissern, daß ich ungefährlich bin, und lassen sie mich raten: Mir zu verstehen geben, daß ich, wenn ich mich noch einmal, egal wie sehr ich mich zur Einlasserzwingung absichtlich intoxiciert und temporär psychopathologisch qualifiziert habe, bei Ihnen aufgenommen zu werden, in aller Freundschaft dermaßen fertiggemacht, ja wirklich krank gemacht werde, daß ich lernen werde, was wirklich Verzweiflung ist!"

„Ob Sie es glauben können bezweifle ich, aber meiner Meinung nach, Sie selbst haben einmal gesagt, man müsse Leid und Lust auf neuronale Art und Weise zu detektieren fähig werden und danach eine Bilanz zur Lebenswertberechnung aufstellen, und nach so einer Bilanz, das schwöre ich Ihnen, schaffen es die Kliniken tatsächlich, unter dem Strich, einen negativen in einen positiven Wert zu verwandeln. Daß Sie permanent das Gegenteil proklamieren kotzt mich dermaßen an, wie können Sie es wagen, hier jeden als gekauften, seelenlosen Komplizen an einem großangelegten Verbrechen zu bezeichnen?"

„Tu' ich ja gar nicht, ein nicht zu unterschätzender Anteil Ihrer Kollegen, wahrscheinlich durch alle Ebenen psychoanalytischer Qualifikation hindurch, ist wahrscheinlich so naiv und dumm, die meisten Einzelfälle ausschließlich in Teilsegmenten wahrzunehmen und dann die diversen scheinbaren Stimmungsbesserungen einiger Patienten als moralischen Erfolg zweifelsfrei zu verbuchen. Aber in genero postuliere ich, daß ihr Gesamtkonzept beziehungsweise Gesamtkonzeptspektrum ausschließlich fataler und schädlicher Natur ist. Das Leben eines Menschen kann nur durch das Leben eines Menschen verbessert werden, nicht durch die tolle Idee der Menschen, eine Auszeit und Befreiung von den Regeln des Lebens durchzuführen um schließlich wieder ein lebenswerteres leben zu können. Und das ist ein selektives Aussetzen wollen der Naturgesetze, die ohne Ausnahme jede menschliche Einrichtung und Methode überfordert und bestenfalls eine Abhängigkeit von diesen künstlichen Lebenskonstrukten schafft, die als Gesamtwert ein schweres Defizit und hohen Schaden an der Natur und ihrer Mission zur Fortentwicklung des Lebens bedeutet. Ich sehe die gesamte menschliche Gesellschaft bereits als eine großdimensionierte, oder nur allgemeine, mehr Menschen und die nicht so speziellen, besonderen Fälle, behandelnde Form von Psychologischer Anstalt zur Erziehung und Regulierung nach Kriterien, die keinerlei Legitimation allgemeingültiger Art haben.

Zuallererst müsste man die Menschen mal von diesem kindischen Dogma, von dieser stupiden Durchhalteparole abbringen, daß das Leben zum Glücklichsein da wäre und daß man irgendwelche Ziele anvisieren und erreichen müsse. Wenn es einem schon nicht der Verstand sagt, weil keiner in der Regel vorhanden ist, dann doch wenigstens die Erfahrung. Warum sonst macht denn nichts Erreichtes im Leben dauerhaft glücklich, sondern führt immer nur zur Suche nach neuen Zielen. Weil eben nur der Kontrast zählt und alles Konkrete, Tatsächliche nur eine Illusion ist. Nur ein Prozess des Abbaus eingebildeten Mangels, oder – im Falle körperlicher Entbehrungen – die Befriedigung von Gelüsten, verheißt Glück. Sobald etwas erreicht ist, löst sich seine Befriedigungsfähigkeit auf und führt zur Suche neuer Ziele. Ein ziemlich primitiver und vollkommen sinnloser Kreislauf. Der Mensch hat nur die Kulisse anspruchsvoller ausstaffiert, das Prinzip des Esels, der einer Mohrrübe, die vor seiner Nase von einem an seinem Rücken gebundenen Stock hängt, hinterherläuft, bleibt das gleiche, auch wenn das Was für den Esel der Mensch ist, für den stolzen, scheißenden Menschen natürlich sicherheitshalber ein Gott, oder ersatzweise großer Reichtum oder die Liebe.[8]

Jedenfalls betrachte ich es als persönlichen Affront, als Unverschämtheit und offene Rechnung, von irgendeiner Kraft, Macht oder Wesenheit in diese lächerliche, unfähige und bedürftige Figur eines menschlichen Tieres gezwungen worden zu sein, mit all diesem Scheiß ausgestattet, den man pausenlos mit sich rumschleppt und der eine einzige große Behinderung darstellt. Einerseits mit einer Idee von einem Geist ausgestattet, andererseits zu permanenten komplexen Demütigungen herabgewürdigt, ist man schließlich, und das müßte eigentlich doch der Dümmste sogar verstehen, zu einer Karikatur entwürdigt, deren symbolischer Kulminationspunkt im Scheißen liegt. Wer damit unbeanstandet lebt ist wirklich ein Arschloch, aber die Masse der Menschen ist ja unendlich flexibel und elastisch in ihrer Akzeptanz von Unerhörtheiten jeder Art. Sogar dieses kindische mediale Theater mit den Politikern und Regierungsmarionetten nehmen sie ja hin."

„Naja die Menschen lassen sich fast alles bieten, so lange sie glauben, daß die Mehrheit die gleichen Umstände akzeptiert."

„Und damit ist doch alles gesagt! Der Einzelne ist unmündig und bewusstlos und folgt der allgemeinen Zugrichtung der Herde. Der Unterschied zwischen Wahnsinn und

Normalheit besteht nur durch die Zahl. Ansonsten könnte man es leicht als allgemein gültige Maxime durchsetzen, als psychopathischen Geisteszustand zu attestieren: – Unbeeindruckt und unirritiert mit der Ungewissheit über den unfassbaren Wahnsinn der Unendlichkeit zu leben, mit aller Seelenruhe die Gewissheit des eigenen Todes hinzunehmen und zu existieren als..."

„Aber verdammt..." Er hielt inne. Was geschah hier eigentlich gerade, dachte er. Er war bereit und auch ein wenig enthusiastisch, jede Art von Attacke oder Herausforderung brillant zu parieren und ungeahnte mentale und intellektuelle Souveränität zu demonstrieren und dieser Welpe da ihm gegenüber tat nichts, außer mit übereinander geschlagenen Beinen und zurückgelehnt in seinem Bürosessel zu sitzen und durch einen oft von Menschen seiner Sorte praktizierten physiognomisch langweiligen Blick[9] Hintergründigkeit, Erkenntnis und reservierte geheimnisvolle Überlegenheit, die lediglich eine eingeübte Miene aus Inhaltslosigkeit war, auszustrahlen. Er hatte wieder mal einem bedeutungslosen Routinier des Lebens die Ehre erwiesen, eine wertvolle, rare Vorstellung von Bewusstsein vorgeführt zu bekommen. In dieser Epoche der medialen Auslöschung originären vitalen Bewusstseins. Die Bestie war noch lange nicht gezähmt, wie auch sonst war wieder sein Temperament, dieses verführbare Luder, mit ihm durchgebrannt. Innerlich der Kapitulation nahe, rang er mit zwei diametralen Varianten, dieses erneute schwere Versagen entweder noch mit erheblicher Kraftanstrengung in einen katastatischen Triumph zu verwandeln, oder den Schwanz einzuziehen und, durch eine Art Hilferuf, mögliche Provokationen in

ihrer Brisanz zu entschärfen und durch eine offen einge-
standene partielle Schwäche oder Ungeschicklichkeit die zu
erwartende Gegenoffensive zu stoppen, zu entwaffnen und
schließlich wenigstens noch eine Art dialektisches Unent-
schieden herauszuschinden. Es manifestierte sich wieder
seine lebenslange Schicksalskonstellation: Die Hauptschul-
digen entkamen durch Verschlossenheit ungestraft mit un-
versehrtem Renomee und er als Minimalstschuldiger erfuhr
durch sein offenes ehrliches Aussprechen der Sachverhalte
das Gesamtmaß an Strafe.

Peter wurde in diesem Moment klar, daß er ein professionelles Konzept erarbeiten mußte und, danach vorgehend,
die einzige logische Konsequenz für sein Leben zu ziehen
sich verpflichten mußte, um endlich jede Art orientierungs-
loser Zeit- und Chancenvergeudung ein für alle mal auszu-
schalten. Er mußte sich selbst positionieren, ein Fazit ziehen
und, der Teufel soll ihn holen, – handeln, handeln – endgültig den Quantensprung, den Dimensionssprung vollzie-
hen – oder diese Welt verlassen. Er sah sich bereits dem
Zustand der Metastabilität nahe, so nahe daß nur noch der
kleinste Abstand zwischen ihm und dem Ungeheuerlichen
stand. Eine eigene Agenda mußte her. Grundvoraussetzung
war weitgehende Unabhängigkeit von sozialen, ökono-
mischen, moralischen und praktischen Zwängen. In dieser nur Sekunden dauernden Gedankenblase schwebend,
fiel ihm die verdammt nahe liegende Abhängigkeit seiner
direkten, gegenwärtigen Situation wieder ein. Da saß ihm
ja immer noch so ein Vieh, so ein Mensch gegenüber, ihn
blöde kritisch anstarrend, aus seiner schweinischen Welt
nebst ihrer[10], unzählige Verpflichtungen, Bedürfnisse und

verstunkene Hemmungen beinhaltenden, als anspruchsvoll anerkannten höheren kulturellen Existenz, die für viele sogar Wegweiser zu sein erreicht hatte im undurchschaubaren Ringen um die Ausgeglichenheit einer vernunftgeleiteten, selbstbestimmten und arrivierten, erfüllten Menschlichkeit. Jetzt war sogleich die Gelegenheit, den fundamentalen ersten Paragraphen seiner künftigen Agenda anzuwenden: Hemmungen unter Vermeidung größerer bilateraler Schäden abbauen und jedwede Situation forciert unter dem einen Aspekt größtmöglichen eigenen Vorteils zu meistern. Also in diesem Fall den Plan aufgeben, ja sogar zu verwerfen, auf eine Art offizielle philosophische Heiligsprechung hinzuwirken, die nach seiner finalen Wahnsinnstat als eine Art Legitimation und moralischer Zurechtweisung der Menschheit dienen sollte und die naive, kindisch-gutgläubige Hoffnung als Motiv hatte, Augen zu öffnen. Also sagte er kurz „Ich sehe, Ihnen kann ich nichts vormachen, ich gebe zu, Sie haben mich durchschaut, bitte nehmen Sie es mir nicht zu übel, daß ich versucht habe, Ihre Klinik als Abenteuerspielplatz auf der Suche nach höherer Menschlichkeit und besonderer Charaktere zu mißbrauchen, aber der Anlass zu dieser Suche ist ja vielleicht auch eine Art psychotischer Geisteszustand, der mich auf der anderen Seite ja, wie Sie bestimmt schon längst erkannt haben, doch wieder berechtigt, Zuflucht in dieser Einrichtung gesucht zu haben, und durch Ihre Ankündigung, mich hier in Zukunft nicht mehr aufzunehmen, haben Sie ja so oder so einen Sieg errungen."

Er stand auf und ging langsam mit nachdenklicher Miene hinaus und überzeugte sich von der Wahrscheinlichkeit hier keine allzu besonderen, jeden Rahmen sprengenden

Spuren und Erinnerungen, die nicht von ein wenig Zeit getilgt[11] würden, hinterlassen zu haben[12]. Jetzt war es ihm lieber geworden, alle Beweise seiner Existenz möglichst unauffällig und ungewichtig zu wissen. Alles was nicht extrem oder perfekt war und von ihm ausging, verurteilte er als menschlich, als fleischlich und, wie unter Menschen üblich, von gehemmter Triebhaftigkeit gesteuert. Er wollte von jetzt an nur noch glänzend extravagante Vorstellungen liefern, oder gar nicht mehr auf sich aufmerksam machen, in der Masse anonym und gesichtslos, grau[13] und konform verschwinden.

Es galt, in Klausur zu gehen, eine Bestandsaufnahme zu machen, um die Startrampe seiner Rakete, endlich mit Zielvorgaben ausgestattet, freizumachen und ohne Möglichkeit zur Rückkehr sein gesamtes Potential zu verfeinern. Oder gab es doch noch die Möglichkeit zur Revision? Nochmal mit einer ganz neuen psychischen Algebra dem Leben, dem Hoffen, dem aktiv werden, dem Gelingen, dem Genießen des Gewonnenen durch eine andere Sichtweise Dauerhaftigkeit und damit echten inneren Wert abzutrotzen? In der Wahrhaftigkeit oder einfach in der Fähigkeit zu genießen, ohne Rücksicht auf irgendwelche Moral oder auch nur auf die Problematik des Bewahrens, des im Besitzbleibens einmal erreichter Zufriedenheit oder Glücklichkeit. Er wusste, daß niemand zufrieden oder glücklich war. Neid war Dummheit. Ahnungslosigkeit eines kindischen Gehirns. Das Verruchte war, daß niemand es zugab. Zumindest nicht, wenn es keine naheliegenden, einfachen Motive zum Unglücklichsein gab. Alle verwechselten die Fähigkeit zu hoffen, mit Glück. In Wirklichkeit war ein Hoffender, ein Eudämonist, ein Kerkermeister der Entbehrung, der grausame Erneuerer des Leids.

Ich bin ja nur einer, wer hat also einen Schlag am meisten verdient? Oben – unten, rechts – links, arm – reich, schlau – dumm, hübsch – häßlich, erfolgreich – erfolglos?

* * *

ANHANG

1 In zwei Mappen mit der Aufschrift „Adversarien" hinterließ der Autor in handschriftlicher Form verschiedene philosophische und weltanschauliche Schriften, welche zum Teil für ein von ihm geplantes „philosophisches Kompendium" Verwendung finden sollten, hierunter auch eine Liste kurzer Notizen, überschrieben mit: „Verzeichnis spontaner, nicht durchformulierter, ungeordneter Gedankenausflüge jeglicher Art, mit vielleicht großem – vielleicht gar keinem Potential / auf Ausarbeitung wartend". Bei dem hier in Zitatform Wiedergegebenem handelt es sich um zwei kurze Einträge aus diesem Verzeichnis.

2 „Leid auf seine Person zu beschränken": vom Hrsg. so nach eigenem Ermessen hinzugefügt, da im Manuskript nicht lesbar.

3 „gab": vom Hrsg. hinzugefügt

4 „Beschaffenheit": vom Hrsg. hinzugefügt

5 „Es gab in manchen Fällen noch eine extra-Möglichkeit, auch ein nicht mehr jungfräuliches weibliches Wesen als rein und unbeschmutzt zu denken": vom Hrsg. aus in diesem Sinne vom Autor geschriebenen Satzteilen zusammengesetzt und leicht umformuliert.

6 „sich ausliefernder": vom Hrsg. hinzugefügt anstelle von sechs nicht lesbaren Worten.

7 Im Manuskript folgt nach „gratifizieren" und „fraternisieren" ein drittes, auf „-ieren" endendes, aber nicht lesbares Verb.

8 Manuskript-Notiz des Autors an dieser Stelle: *Dem Leser erklären, daß man erkennen könne, daß das Leben nur ein von einer bestimmten Macht inszeniertes Spiel sei, daß seine fehlerhafte Ausführung gelegentlich erkannt werden könne und der Tod der Schlüssel zur Prüfung/Erkenntnis und zur* [nicht lesbares Wort] *sei.*

9 Nach „Blick" folgt ein nicht lesbares Wort, wahrscheinlich Adjektiv zu „Hintergründigkeit".

10 „nebst ihrer": vom Hrsg. hinzugefügt

11 Im Manuskript steht nach „getilgt": „und [unleserliches Verb]"

12 „hinterlassen zu haben": vom Hrsg. hinzugefügt

13 „grau": anstelle eines ähnlich kurzen (nicht lesbaren) Adverbs vom Hrsg. ersetzt